유령 유실물 보관소

유령 유실물 보관소

고정욱 글 | 이경석 그림
초판 1쇄 발행일 2025년 1월 30일
펴낸이 박봉서 펴낸곳 (주)크레용하우스 출판등록 제1998-000024호
편집 이민정·최은지 디자인 김금순 마케팅 한승훈·신빛나라
주소 서울 광진구 천호대로 709-9 전화 (02)3436-1711 팩스 (02)3436-1410
인스타 @crayonhouse.book 이메일 crayon@crayonhouse.co.kr

ISBN 979-11-7121-162-3 74810

유령 유실물 보관소

고정욱 글 이경석 그림

크레용하우스

유실물 보관소가 없어지는 그날까지

나는 학교에 강연을 무척 많이 갑니다. 강연이 끝나고 학생들이 빠져나간 시청각실, 강당에는 각종 유실물들이 가득합니다. 연필, 지우개, 필통, 심지어는 옷까지 놓고 교실로 돌아갑니다. 아무리 어린이들이 집중력이 약하고 산만하다지만, 이건 좀 너무합니다. 잠시 뒤 몇몇 아이들은 헐레벌떡 달려와 자기 물건을 챙겨 가지만 나머지 물건들은 그대로 버려집니다.

모든 학교에 학생들이 잃어버리거나, 버리고 간 물건을 보관하는 유실물 보관소가 있습니다. 하지만 아무도 찾아가지 않는다고 선생님들은 말합니다. 나는 그 물건들을 보며 가슴이 아픕니다. 어린 시절에 나는 연필 한 자루 없어지면 대성통곡을 했습니다. 지우개가 없어지면 눈물을 뚝뚝 흘렸습니다. 물건이 귀하고 소중했기 때문입니다.

내 어릴 적 이야기를 하면서 요즘 어린이들에게 물건을 아끼라고, 소중히 여기라고 할아버지 같은 말을 하고 싶지는 않습니다. 그만큼 우리나라가 잘살게 되었고, 물건들은 얼마든지 많으니까요. 내가 이 책에서 하고 싶은 이야기는 그것이 아닙니다. 물건을 아끼고 소중하게 오래 쓰는 것은 지구 환경을 지키는 일입니다. 우리가 일회용품을 줄이고, 실내 온도를 낮추고, 환경을 지키려 애쓰는 것은 지구가 신음하고 있기 때문입니다.

요즘 어린이들은 물건을 함부로 버리고 찾지 않으며 또 새로운 물건을 삽니다. 그 물건을 만들기 위해 지구는 또다시 고통받습니다. 우리 어린이들은 지구의 미래 주인입니다. 고통받고 신음하는 지구에서 살아야 합니다. 그렇기 때문에 하루 빨리 문제를 깨닫고 지구를 지켜야 합니다.

그래서 나는 나의 작품에서 어린이들에게 물건의 소중함을 알려 주고 싶었습니다. 이 세상 물건은 모두 지구에게서 빌려 온 것입니다. 아끼고, 소비를 줄이며, 오래 쓰고, 나눠 쓰고, 바꿔 쓰다 보면 우리의 지구는 좀 더 오랫동안 우리에게 행복을 줄 것입니다.

이 세상 모든 학교에 있는 유실물 보관소가 없어지는 그날까지 여러분이 이 책을 많이 사랑해 주면 좋겠습니다.

2025년 봄을 기다리며
북한산 기슭에서 고정욱

차 례

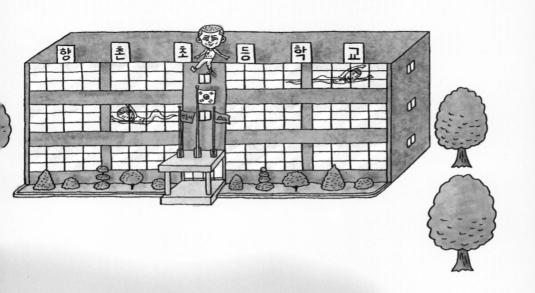

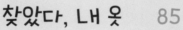

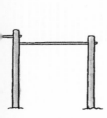

수상한 소문

해가 서쪽 하늘로 기울고 있었습니다. 수업이 끝난 향촌 초등학교의 아이들은 하나둘씩 집으로 향했습니다. 운동장을 지나가던 영철이는 민석이에게 수군대며 물었습니다.

"민석아, 너 혹시 들었냐? 우리 학교에 유령이 있다는 거?"

"유령? 무슨 소리야? 우리 학교에 무슨 유령이 있어? 갑자기 무섭게 왜 그래!"

"밤마다 돌아다니는 유령이 있대. 너도 조심해."

"정말이야? 나 무서워."

민석이는 큰 눈을 휘둥그레 뜨고 약간 겁먹은 듯한 표정이 되었습니다. 그러나 가만 생각하니 그건 쓸데없는 두려움이었습니다.

"하지만 우리가 밤에 학교에 올 일은 없잖아?"

맞는 말이었습니다.

"학교 관리하는 보안관 할아버지가 밤에 유령이 떠드는 소리를 들었대. 그 얘기를 듣고 얼마나 무서웠는지 몰라. 우리 학교에 유령이 있다니……."

"으스스하다……."

그때 지나가던 여자아이들이 영철이의 이야기를 우연히 듣고 모두 소리를 질렀습니다.

"어머, 무서워!"

"그게 정말이야?"

하지만 민지는 유령이라는 말에 씨익 웃더니 교문을 향해 달려갔습니다. 말도 안 되는 거짓말이라고 생각한 것입니다.

"유령은 공동묘지에나 나오는 거야."

몇몇 아이들도 학교에 유령이 나온다는 말을 믿지 않았습니다. 와글와글 떠들며 아이들은 학교 밖으로 나갔습니다.

방과 후 수업을 마친 아이들도 집에 갔고, 돌봄 교실에 있던 아이들도 엄마 아빠가 와서 데려갔습니다. 시간이 4시 반을 넘어가자 선생님들도 하나둘 퇴근했

에이, 거짓말!

습니다. 마지막으로 교장 선생님이 교장실 문을 잠그고 학교 중앙 현관을 나왔습니다.

　학교 중앙 현관에는 커다란 행거가 있고 벽에 코팅된 종이 한 장이 붙었습니다.

유실물 찾아가세요!

　옷 가게에서나 볼 수 있는 길다란 행거에 옷을 비롯

해 여러 가지가 걸려 있습니다.

　유실물은 학생들이 잃어버린 물건입니다. 정확히 말하면 정신이 딴 데 팔려 미처 챙기지 못한 물건부터 은근슬쩍 흘리고 간 물건까지 모두 여기에 보관해 놓은 것입니다.

　각종 겉옷과 운동화, 실내화는 물론 줄넘기나 보조 가방 등 종류도 다양했습니다. 파란색 플라스틱 상자 안에는 공책, 물통, 안경, 귀마개, 장갑 등등 별별 물건들이 다 담겨 있었습니다. 필통이나 연필, 지우개는 수북했습니다.

　전부 다 아이들이 잃어버리고 찾지 않는 물건들이었습니다. 이곳을 아이들은 유실물 보관소라고 불렀습니다.

　"아이고, 이 물건들은 언제 다 찾아가려나?"

　교장 선생님이 버려진 물건들을 슥 쳐다보고 주차장으로 나가 자동차에 시동을 걸었습니다. 순찰을 돌던 보안관 할아버지가 인사를 했습니다.

"교장 선생님, 안녕히 가십시오. 오늘도 수고하셨습니다."

"네, 오늘도 순찰 잘해 주시고 내일 뵙겠습니다."

교장 선생님은 안전에 유의하며 서서히 주차장을 빠져나갔습니다.

이제 학교에는 보안관 할아버지만 남았습니다. 보안관 할아버지는 학교 곳곳을 다니며 문이 제대로 잠겼나 흔들어 보고, 안에 혹시 사람이 있나 없나를 찬찬히 살폈습니다. 조그만 초등학교라 교실마다 살펴보는 것은 그리 오래 걸리지 않았습니다.

"다 됐다!"

마침내 보안관 할아버지는 두 손을 탈탈 털며 중앙 현관의 문을 잠갔습니다. 학교 교문까지 닫은 뒤에는 근처에 있는 집으로 걸음을 옮겼습니다.

보안관 할아버지는 학교 옆에 과수원과 밭을 가지고 있는 이 동네 토박이입니다. 얼마 전부터 서울에 살던 아들이 귀촌해 농사일을 도맡아 하는 바람에 쉬게 된 할아버지는 학교 보안관으로 일하고 있습니다.

"향촌 초등학교는 소중한 곳이여. 우리 집안이 모두 여기서 공부해서 지금 다 잘 살고 있잖여."

향촌 초등학교는 할아버지와 아들, 손자까지 삼대가 모두 나온 학교여서 보안관 할아버지는 큰 자긍심을 가지고 학교를 관리했습니다.

저 멀리 논과 밭 너머 서산으로 해가 졌습니다. 이곳 향촌은 커다란 강이 마을 한가운데로 흐르고 마을 뒤로는 야트막한 산이 자리 잡아 아름답고 평화로운 곳입니다.

보안관 할아버지가 떠나고 나니 이윽고 학교는 어둠 속에 가라앉기 시작했습니다. 학교는 그렇게 문을 닫고 내일 다시 학생들이 참새 떼처럼 와서 떠들어 줄 시간을 기다리며 고요에 잠겼습니다.

아닙니다! 학교 안에서 조금씩 움직임이 있었습니다. 어쩌면 이게 아이들이 말한 유령일지도 모릅니다. 자세히 봐야 알 수 있는 그 움직임은 바로 유실물 보관소에 있는 물건들이었습니다.

"오, 애들 다 갔나?"

오리털 파카가 물었습니다.

"우, 간 것 같아."

우산이 창밖을 보고 대답했습니다.

"오, 아이고. 오늘도 날 안 찾아가네."

이곳 유실물들은 유실물의 언어로 말을 합니다. 우산이 "우, 간 것 같아."라고 한 것처럼 꼭 자기 이름의 앞 글자를 먼저 말하는 것입니다.

가장 먼저 기지개를 켠 것은 올해 봄부터 걸려

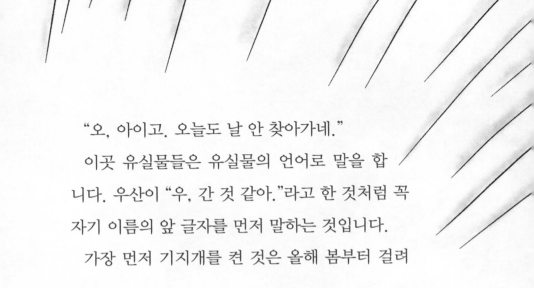

있던 오리털 파카였습니다. 3학년 여자아이 은경이가 봄에 덥다고 벗어 놓고 간 오리털 파카는 아직까지도 집에 돌아가지 못해 초록색 어깨 위에 먼지가 살짝 앉았습니다.

"오, 오늘도 은경이 봤는데 날 쳐다보지도 않더라."

"연, 그래? 너는 그래도 은경일 한 번씩 보는구나. 나는 상자 안에 담겨 있어서 주인인 영훈이를 볼 수가 없어."

안타까워하는 것은 연필 한 자루였습니다. 그러자 우산도 한마디 거들었습니다.

"우, 내 주인인 철환이는 새 우산 들고 다니더라. 나는 여기다 팽개쳐 놓고서. 지나갈 때마다 내가 아무리 소리쳐도 못 듣나 봐. 너무해!"

유실물들은 각자 자기를 버리고 찾아가지 않는 아이들을 원망하며 이야기를 나누었습니다. 유실물 보관소를 자세히 보니 이런 물건이 어떻게 여기에 있을까 싶은 게임기와 오래된 휴대 전화, 심지어 성적표까지 있었습니다.

폴더식인 옛날 휴대 전화가 입을 딱 벌리며 말했습니다.

"휴, 나는 민석이가 고물이라고 버리더니 다시는 쳐다보지도 않아. 요즘 아이들은 다 스마트폰을 쓰더라고?"

휴대 전화의 말에 신발이 울먹였습니다.

"신, 그래. 그래도 너는 옛날에 민석이가 손에 꼭 쥐고 사랑했잖아. 나는 신발이어서 고린내만 실컷 나게 하더니 영철이가 버리고 갔어. 빨면 아직도 신을 만한데 말이야."

"휴, 너 여기 올 때부터 아주 낡았거든?"

휴대 전화가 신발의 말을 반박하자 신발은 화가 났습니다.

"신, 아니야. 정확하게 영철이는 나를 열일곱 번 신고 이곳에 버렸어. 싫증 난다는 거지. 영철이 나빠."

그러자 장화가 끼어들었습니다.

"장, 나는 비 오는 날 사 달라고 조르더니 글쎄, 그 날 딱 한 번 신고는 발에 땀이 찬다고 이곳에 버렸어. 나쁜 은석이."

장화가 불평불만을 하며 억울함을 토로했습니다. 장화는 정말 새것이긴 했습니다. 그때 한쪽에 걸려 있던 야구 모자가 뻐기며 말했습니다.

"뉴, 나는 미국에서 왔어. 내 이마에 새겨져 있는 뉴욕 양키즈 보이냐?"

"응, 보여!"

다른 유실물들이 동시에 대답했습니다.

"뉴, 나는 너희들하고 신분이 달라. I can speak English."

"우, 미국에서 오면 다냐? 주인인 홍택이가 내다 버렸는데."

"신, 맞아 맞아."

"모, 나는 비록 한국에서 살았지만 주인인 용국이가 일 년 내내 쓰던 모자다 뭐."

낡아 빠진 모자 하나가 뉴욕 양키즈 야구 모자를 은 근히 부러워하며 항변했습니다.

그러자 가방이 말했습니다.

"가, 나는 일본에서 왔스무니다. 나는 일본 가방이 무니다."

그 가방은 가죽으로 된 고급 책가방이었습니다. 일본에 있는 재일 교포 친척이 미라에게 선물로 보냈는데 몇 번 들고 다니더니 가죽으로 만들어 무겁다며 몰래 버린 것이었습니다.

"모, 일본에서 왔으면 뭐 하냐? 무겁다고 버렸잖아."

"가, 가벼운 너는 가벼워서 버려졌스무니까?"

모자와 가방이 말싸움을 벌였습니다. 일본어와 영어, 중국어까지 날아왔습니다.

"필, 나는 중국에서 온 필통입니다. 니 하오마."

"모, 중국제는 여기 쌔고 쌨어. 중국에서 온 애들 손 들어 봐."

그러자 옷과 신발과 학용품 등이 모두 손을 들었습

니다.

"필, 아이코, 여기 중국이야?"

그때 갑자기 볼펜 한 자루가 어깨를 죽 펴고 이야기
했습니다.

"볼, 나는 한국에서 만들었어. 자랑스러운 한국 볼
펜이야. 중국제는 품질이 떨어져."

"필, 너는 옛날 제품이어서 한국제잖아. 요즘은 너
희 회사도 새로운 볼펜은 다 베트남에서 만든다고 하
던데 뭐."

"볼, 나는 자랑스러운 한국 볼펜이라고. 나는 자
랑스러운 태극기 앞에 조국과 민족의 영광을 위하
여……."

볼펜이 국기에 대한 맹세를 외울 때였습니다. 유실
물 보관소에서 가장 나이가 많은 행거 할아버지가 헛
기침을 하며 한마디 했습니다.

"행, 얘들아, 오늘도 내가 편히 자기는 글렀구나. 그
이야기는 수십 번도 더 들었다. 이제 그만할 때도 되

지 않았니? 밤도 깊었는데 어서 자라. 우리가 이러니
까 학교에 유령이 있다고 소문이 나는 거야.”

“휴, 아이들은 우리한테 관심도 없는데요 뭐.”

“행, 그러다 진짜 유령이 나오면 어쩌려고 그래? 시
끄럽게 하면 행거에 안 걸어 준다.”

“······.”

유실물들은 행거 할아버지의 말에 모두 입을 다물었
습니다. 행거가 매달아 주고 받쳐 주지 않으면 물건들
은 땅바닥에 나뒹굴어야 하기 때문입니다. 그러자 행
거에 걸려 있는 옷걸이가 한마디 했습니다.

“옷, 너희들이 이렇게 다 걸려 있는 것도 우리들 덕
분이야. 고마운 줄 알아야 해.”

“오, 행거 할아버지, 저를 매달아 줘서 고맙습니다.
옷걸이야, 고마워.”

“행, 역시 오리털 파카, 네가 예의 바르구나. 빨리
주인인 은경이가 찾아가길 기도하마.”

이렇게 학교 유실물 보관소에 있는 물건들은 밤이

되면 자신들의 기구한 사연을 제각각 떠들어 댔습니
다. 비록 사람과 물건의 언어는 다르지만 그 소리를
정말 누군가 들었다면 유령 소리라고 생각했을 것입
니다.

버림받은 물건들

아침이 되었습니다. 밝은 해가 동쪽에서 떠올라 운동장을 비추더니 마침내 학교의 중앙 현관을 어둠으로부터 밝혀 주었습니다.

가장 먼저 눈을 뜬 것은 손흥민 선수의 등번호가 새겨진 점퍼였습니다.

"손, 아웅, 잘 잤다. 나는 내 주인인 지원이가 입고서 운동해 주던 때가 그리워."

"우, 너는 주인이 몇 번 입다가 버렸잖아."

"연, 요즘 손흥민 선수가 부상당해서 인기가 없어지

니까 버린 거잖아.”

뒤이어 깬 우산과 연필이 말했습니다.

“손, 아니야. 지원이는 내가 여기 있다는 걸 모르는 거라고. 축구하는데 더워서 벗고 뛰다가 그만 이렇게 된 거야.”

“필, 웃기시네. 내가 지원이 지나가는 거 여러 번 봤다 뭐.”

“손, 필통 너 그런 소리 하지 말라고!”

유실물들은 자기들끼리 또 티격태격하기 시작했습니다.

“행, 얘들아, 조용히 해라! 저기 보안관 할아버지가 왔다.”

행거 할아버지가 유실물들에게 주의를 주었습니다. 보안관 할아버지가 와서 교문을 열자 그때부터 유실물들은 말도 하지 않고, 움직이지도 않고, 그대로 얼음이 되었습니다.

보안관 할아버지는 이곳저곳 문을 열고 밤새 떨어

져 내린 마른 잎사귀와 날아온 먼지들을 열심히 청소했습니다. 보안관 할아버지는 정말 부지런했습니다. 그것은 학교와 아이들을 사랑하는 마음에서 우러나온 것이었습니다.

"손, 나도 운동하고 싶어."

손흥민 점퍼가 말하자 행거 할아버지가 단호히 대답했습니다.

"행, 움직이지 말고 조용히 해라. 아이들이 수업 끝나서 모두 집에 갈 때까지 가만히 있어야 해. 대낮에 우리가 움직이거나 소리를 내면 이 세상이 난리가 나는 거야."

"손, 알고 있어요……."

"오, 그런데 왜요?"

오리털 파카가 물었습니다.

"행, 십 년 전에 어떤 티셔츠가 움직이는 바람에 지나가던 아이가 보고 유령이 붙었다며 기절한 적이 있어. 다시는 그런 일이 일어나면 안 돼."

"손, 네."

유실물들은 모두 고개를 끄덕였습니다. 행거 할아버지는 아주 오래된 일도 잘 기억하고 있었습니다.

행거 할아버지의 말에 따라 오늘도 유실물들은 아이들이 학교에 등교하고 선생님들이 서로 인사 나누는 모습을 꼼짝 않고 지켜보았습니다. 어떻게든 주인이 자신을 찾아가기만을 바라면서요. 이건 마치 무인도에 갇힌 로빈슨 크루소가 하염없이 바다만 바라보며 배가 지나가기를 기다리는 것과 같았습니다.

"휴, 민석아, 나 여기 있어. 나 좀 데려가."

"신, 영철아, 나야 나."

주인이 지나가면 유실물들이 간절히 외쳤지만 아이들은 전혀 눈치채지 못했습니다.

교실로 향하는 민석이와 영철이는 어제 나누었던 유령 이야기를 다시 꺼냈습니다.

"야, 네가 어제 유령 얘기해서 나 무서운 꿈꿨어."

민석이가 영철이에게 말했습니다.

"무슨 꿈?"

"어린아이 유령이 막 학교를 떠돌아다니는 꿈."

"헤헤, 넌 내 말을 믿냐?"

"유령들이 우리 없는 사이에 교실에 왔다 갔으면 어쩌지?"

"교실에 가 봐야지. 교실에 물건들이 떨어져 있으면 유령들이 떨어뜨려 놓는 거래."

아이들은 유실물은 거들떠보지도 않은 채 참새 떼처럼 떠들고 웃으며 각자 교실로 갔습니다. 하지만 유실물들은 언젠가 유실물 보관소에서 떠날 거라고 굳게 믿었습니다. 유실물 보관소에 영원히 있을 거라고는 어느 누구도 생각하지 않았습니다.

일 교시가 끝났을 때였습니다. 은석이가 유실물 보관소 쪽으로 걸어오는 모습이 보였습니다.

"장, 앗, 은석아! 나 여기 있어, 은석아!"

장화는 마구 손을 흔들고 싶었지만 그럴 수 없었습니다. 자신의 장화가 이토록 애타게 부르는지 꿈에도 생각 못 하고 은석이는 보조 가방 하나를 행거에 걸었습니다.

"누가 보조 가방을 복도에 흘리고 갔지? 여기다 걸어 놓으면 주인이 나타나겠지."

장화는 계속해서 외쳤습니다.

"장, 은석아, 나를 쳐다봐 나를! 네 장화잖아!"

하지만 소용없었습니다. 은석이는 학급 회장이기 때문에 담임 선생님 심부름으로 누군가 복도에 흘려 놓은 보조 가방을 가져다 걸어 놓은 것이었습니다.

은석이가 떠나자 유실물들은 실망했습니다. 자꾸 늘어나는 유실물로 행거가 점점 더 좁아져 걱정이었습니다.

"행, 유실물이 하나라도 줄어야 되는데 계속 늘어만 가는구나."

"연, 아이들은 너무해요. 옛날에는 근검절약해서 물건 하나도 아껴 썼는데 지금은 왜 이렇게 우리를 소중하게 여기지 않는 거죠?"

참다못한 연필 한 자루가 나서자 다른 연필도 말을 이었습니다.

"연, 옛날에는 몽당연필이라고 연필이 아주 짧아질 때까지 쓰고 그것도 아까워 볼펜 두껍(가늘고 긴 물건의 끝에 씌우는 물건)을 껴서 썼다잖아요? 나는 세 번밖에 깎지 않은 새 연필인데 왜 버려진 걸까요?"

그러자 행거 할아버지가 다시 말했습니다.

"행, 요즘 아이들이 물건 귀한 걸 몰라서 그래. 그 물건들은 엄마 아빠가 힘들게 돈 벌어서 사 준 건데 귀하게 여기질 않는구나. 옛날엔 연필 한 자루 가지고 사람들이 자기 거라고 싸우기도 했단다. 이 학교도 몇 십 년 전에는 운동회에서 연필 한 자루가 아이들이 좋아하는 선물이었어."

"우, 헐, 대박!"

"휴, 연필이 선물이었다고요?"

다른 유실물들이 놀라 마구 떠들었습니다.

"행, 그랬단다. 지금은 물건을 아낄 줄 몰라서 큰일

이야. 사람들이 옛날과 너무 달라지니까 날씨도 변했
다. 이걸 봐, 지금이 오월인데 이렇게 덥잖니?"

"우, 오월은 원래 더운 거 아니에요?"

"휴, 방정환 선생님이 어린이날을 만들 때의 오월은
춥지도 덥지도 않은, 딱 알맞은 날씨였어. 그런데 환
경이 오염되면서 날씨가 이상해진 거야. 지구 온난화
때문이지."

똑똑한 휴대 전화가 말해 주었습니다. 기종이 좀 오
래된 휴대 전화여도 다른 유실물들과는 비교할 수 없
을 만큼 똑똑했습니다.

"우, 그랬구나. 지구 온난화 때문이구나."

"필, 행거 할아버지, 지구 온난화는 왜 생긴 거예
요?"

"행, 글쎄다. 나는 옛날 행거여서 잘 모르겠다. 휴대
전화! 네가 말해 봐라."

"휴, 지구 온난화는요, 사람들이 물건을 너무 많이
소비해 온실가스인 탄소를 많이 배출하다 보니까 뜨

거운 열기가 지구에서 빠져나가지 못하게 됐어요. 그러다 보니 지구 공기의 온도가 올라가고 빙하가 녹으면서 자연의 질서가 무너진 거예요. 그래서 이렇게 오월인데도 더운 거고요.”

“행, 맞아. 옛날에는 오월이면 긴팔을 입고 다녔는데 요즘은 반팔을 입는구나. 큰일이다. 이러다 앞으로 어떤 일이 벌어질지 몰라. 그게 다 사람들이 물건을 아낄 줄 모르고 지구 환경을 파괴했기 때문이란다.”

“우, 그렇군요. 그런데 우리 같은 물건들을 만들기 때문에 지구가 더워진 거란 말이에요? 비가 오면 우산이 필요하잖아요.”

“행, 우산 하나면 되는데 우산 열 개를 만드니 얼마나 많은 에너지가 들어가겠니? 에너지를 많이 소비하면 탄소도 많이 배출된단다. 지금 봐라, 애들 옷도 옛날에는 한두 벌밖에 없었는데 요즘은 수십 벌을 입고 버리고 또 이렇게 안 찾아가잖니? 그러니 한 해에 버려지는 옷들이 전 세계적으로 몇 천만 톤이라고 하더구나."

그때 장화가 물었습니다.

"장, 행거 할아버지, 아이들이 우리를 찾으러 오지 않으면 어떻게 되나요?"

"행, 연말이 될 때까지도 찾아가지 않으면 교장 선생님이 다 걷어다 폐품 수집하는 분에게 준단다. 작년에도 교장 선생님이 그것 때문에 얼마나 속상해했는지 아니? 요즘 아이들이 물건 귀한 줄 모른다고."

순간 정적이 감돌았습니다. 유실물들은 처음 듣는 무서운 이야기였습니다.

"리, 그렇구나. 우리는 연말까지만 여기에 있고 영영 이별인가요?"

민지가 버린 리본 핀이 눈물을 흘리기 시작했습니다. 그러자 다른 유실물들도 엉엉 울었습니다. 방금 들어온 보조 가방도 함께 울었습니다.

"보, 나는 주인인 연경이가 엊그제 다이소에서 샀어

요. 연경이가 나를 예뻐하며 오래오래 사용할 줄 알았어요. 그런데 아까 나한테 오더니 꼴 보기 싫다고 몰래 계단 뒤에 버렸어요. 아이들이 누구 보조 가방이냐고 물을 때 모른 척하고 손도 안 들었어요. 정말 상처받았어요, 흑흑!"

그러자 다른 유실물들도 모두 고개를 끄덕였습니다. 대부분 비슷한 경험을 했기 때문입니다. 유실물들이 보조 가방에게 위로를 건넸습니다.

"휴, 보조 가방아, 그건 시작일 뿐이야. 매일매일 연경이를 보는 건 정말 끔찍한 일이지. 더 끔찍한 걸 말해 줄까?"

"보, 뭔데? 제발 날 상처 주지 마."

"휴, 연경이는 아마 다른 예쁜 보조 가방을 또 사 가지고 올걸?"

"보, 아악! 그 얘기만은 하지 말아 줘. 으으으!"

보조 가방이 울자 다른 유실물들도 훌쩍였습니다.

"휴, 너나 우리나 신세가 비슷해. 아이들은 왜 아무

죄도 없는 우리를 버리는 걸까?"

"리, 앙! 슬퍼!"

"장, 아아앙!"

그 말에 유실물 보관소는 온통 울음바다가 되고 말았습니다. 그날 밤은 슬픈 밤이 되었습니다. 학교에 귀 밝은 사람이 있었다면 유실물들이 우는 소리를 들었을 것입니다. 그러고는 유령의 소리라고 이야기했을지도 모릅니다.

누군가가 유실물들의 소리를 듣고 학교에 유령이 산다고 소문을 퍼뜨렸다면 아주 근거 없는 이야기는 아닌 셈이었습니다.

작은 기적

유월이 되자 학교는 조금씩 부산해지기 시작했습니다. 선생님들도 이곳저곳 왔다 갔다 하고 뭔가 회의를 많이 했습니다. 유실물 가운데 호기심 많은 필통이 행거 할아버지에게 물었습니다.

"필, 행거 할아버지, 왜 이렇게 학교가 바쁠까요?"

"행, 내가 이곳에서 매년 지켜보니 유월에는 공개 수업이 있단다."

"우, 공개 수업이요? 그게 뭐예요?"

우산도 끼어들어 물었습니다. 휴대 전화가 재빨리

공개 수업을 검색해 보더니 말했습니다.

"휴, 공개 수업은 학교에서 아이들이 어떻게 공부하고 있는지 학부모들에게 보여 주는 수업이래."

"필, 정말?"

"행, 얘들아, 너희에게 약간의 기쁜 소식을 주겠다."

행거 할아버지가 다시 나섰습니다.

"필, 뭔데요? 뭐요? 빨리빨리요."

필통이 재촉했습니다.

"행, 다른 게 아니라 매년 보니 공개 수업에는 학부모들이 많이 온단다. 학부모들이 오면 너희들에게 놀라운 일이 벌어지지."

"신, 뭔데요? 말씀해 주세요."

"보, 학부모들이 우리하고 상관이 있나요?"

"오, 아이들은 맨날 우릴 보고도 지나치는데 학부모라고 다를 게 있을까요?"

"행, 두고 보거라."

이윽고 학교는 행거 할아버지 말대로 점점 더 바빠

졌습니다. 유명한 동화 작가님
을 불러다 강연도 할 계획이었습
니다.

아이들의 솜씨 자랑 작품도 모았습니
다. 아이들이 만든 가족 신문과 각종 찰흙 작
품, 종이접기 작품, 그림 등등이 복도에 빼곡하
게 자리 잡았습니다. 학부모 가운데에서도 뜨개질

작품이나 도예
품, 혹은 직접 만
든 미니어처 같은 작품들을 출품하
기도 했습니다.
　한 마디로 학교 중앙 현관과 복도는 멋진
전시장이 된 것입니다. 행거에 매달린 유실물
들은 전시장이 된 학교를 보고 모두 감탄을 금치

못했습니다.

"우, 아이들에게 이런 재주가 있었다고? 멋진걸."

"필, 그러게 말이야. 멋있어!"

우산과 필통이 말했습니다.

공개 수업과 강연이 있는 유월의 어느 날이었습니다. 아침부터 학교 운동장에 많은 자동차들이 들어왔습니다.

"우아, 학교에 이렇게 차가 많은 건 처음 봐."

유실물들이 말했습니다.

아이들도 모두 신이 났습니다. 옷도 좋은 것으로 입었습니다. 선생님들도 평상시보다 더 예쁘고 멋지게 차려입었습니다.

"아이고, 김 선생, 오늘 수업 잘하세요."

"네, 잘 도와주십시오."

"잘하실 거예요."

교장 선생님은 교실을 돌아다니며 준비가 부족하지는 않은지, 무얼 도와주면 되는지를 물어보았습니다.

6학년 아이들은 책상을 나르거나 선생님들을 도우며 강연을 준비했습니다.

마침내 10시가 되자 유명한 고청강 동화 작가님이 왔습니다. 작가님은 장애인이었습니다. 작가님이 오자 교장, 교감 선생님들이 모두 달려 나가 반갑게 맞이했습니다.

"작가님, 어서 오십시오. 강당으로 모시겠습니다."

작가님은 휠체어에 탄 채로 웃으며 강당으로 향했습니다. 유실물들은 학생들이 공책과 필기구를 들고 강당에 몰려가는 것을 살펴보았습니다.

"우, 저 작가님, 유명한 분인가 봐요?"

"행, 그래. 교과서에 작품도 실렸다는구나. 저분은 매년 우리 학교에 오는 작가님이야."

"연, 우아, 매년 와요?"

"행, 매년 와서 아이들에게 끊임없이 독서와 장애인에 대해서 이야기하지."

"리, 한 번 왔는데 왜 또 오죠?"

"행, 아이들은 집중력과 기억력이 약해. 자유분방하지만 산만하기도 하지. 아직은 한 번 들으면 잊어버리기 쉽기 때문에 자꾸 반복해야 한단다."

"우, 그렇구나. 그래서 아이들이 우리를 다 잊어버린 걸까요?"

우산이 쓸쓸한 목소리로 중얼거렸습니다.

이윽고 강당에서 작가님이 강연하는 소리가 들려왔습니다.

"여러분, 장애인은 나와 다른 사람이 아닙니다. 나와 같은 사람입니다. 그들은 장애라는 개성을 가졌을 뿐입니다. 걷지 못하거나 보지 못하거나 듣지 못한다는 개성이 있는 거예요. 그렇다고 해서 나보다 못한 사람이라고 잘못 생각해 차별하거나 따돌려서는 안 됩니다. 이 세상의 모든 사람은 전부 다 소중하기 때문이지요."

그 얘기를 듣자 유실물 보관소에 있던 연필이 말했습니다.

"연, 맞아요. 나도 소중한데. 아무리 예쁜 새 연필이 생겼다지만 쓰던 연필을 버리는 건 너무해."

그러자 장화도 맞장구쳤습니다.

"장, 맞아. 내가 싫증 난다고 버리다니."

또다시 눈물바다가 되려고 하자 행거 할아버지가 타일렀습니다.

"행, 조금만 기다려라. 오늘 좋은 일이 있을 거야."

"휴, 무슨 좋은 일이 있단 말이에요? 아이들은 우리를 쳐다보지도 않고 찾아가지도 않는데요."

작가님의 즐거운 강연이 끝나자 작가님은 차를 타고 떠났습니다.

"행, 자, 이제 기다려 봐라. 내가 말했던 좋은 일이 곧 벌어질 거야."

행거 할아버지는 뭔가 알고 있다는 듯 고개를 끄덕였습니다. 강연이 끝나자 강당에 있던 아이들은 중앙 현관과 복도로 달려왔습니다. 자기가 만든 작품을 엄마 아빠에게 설명하기 위해서입니다. 아이들은 자기

작품 앞에 서서 기다렸습니다.

이윽고 엄마 아빠들이 중앙 현관으로 몰려왔습니다.
아이들의 작품도 보고 사진도 찍으며 복도가 온통 시
끌벅적했습니다.

"어머, 이걸 네가 만들었다고?"

"우아, 우리 아들 너무 잘했네."

민석이 엄마는 민석이가 만든 커다란 종이 거북선을 보고 그 앞에 서라고 하더니 마구 사진을 찍었습니다.

영철이 엄마는 영철이가 쓴 서예 작품을 보면서 호들갑을 떨었습니다.

"어머, 나의 사랑 대한민국. 이거 우리 아들이 쓴 거예요. 너무 잘 썼지요? 우리 아들은 명필이 될 거 같아요."

그러자 이 모습을 지켜보던 영철이가 버린 신발이 입을 쑥 내밀었습니다.

"신, 삐뚤빼뚤 쓴 글씨를 가지고 명필이란다. 신발이나 버리지 말라 그래."

신발은 이미 포기한 표정이었습니다. 엄마 아빠들은 여기저기 돌아다니며 다른 아이들의 작품을 구경했습니다. 그때 교장 선생님이 말했습니다.

"학부모님들, 각 교실에서 공개 수업이 있으니 자녀들이 어떻게 공부하나 참관해 주세요."

엄마 아빠들은 모두 공개 수업을 들으러 갔습니다. 이렇게 학년마다 작품을 발표하고 공개 수업을 하느라 학교는 하루 종일 시끌시끌하고 복잡했습니다. 유실물들은 제자리에 우두커니 놓여서 사람들이 왔다 갔다 하는 것을 바라보았습니다.

"실! 우리 아줌마다. 저분은 나를 마트에서 산 민지 엄마야."

실내화가 반가운 얼굴을 보고 울먹였습니다. 물건들은 자기를 사 주었던 엄마 아빠들의 얼굴을 바라보았습니다. 오랜만에 보는 얼굴이었습니다.

하지만 엄마 아빠들은 유실물에 관심이 없었습니다. 이곳저곳을 돌아다니며 아들딸들이 만든 작품을 구경

하고 인사를 나누고 수업을 듣느라 정신이 없었기 때문입니다.

마침내 4교시 수업이 끝났습니다. 종소리가 울리자 아이들은 모두 급식을 먹으러 식당으로 갔습니다. 아이들이 몰려가는 것을 보며 엄마 아빠들은 손을 흔들었습니다.

"얘들아, 안녕. 이따 집에서 만나."

공개 수업 일정이 모두 끝난 것입니다. 급식을 다 먹으면 아이들도 오늘은 집으로 일찍 가거나 방과 후 교실로 갑니다. 교장 선생님은 중앙 현관에서 엄마 아빠들이 돌아가는 것을 배웅하려고 서 있었습니다.

"교장 선생님, 감사합니다. 안녕히 계셔요."

은경이 엄마가 인사를 하고 먼저 걸어 나왔습니다.

"어머니, 오늘 와 주셔서 감사합니다."

"네, 안녕히 계세요."

은경이 엄마는 무심코 유실물 보관소를 지나가다 깜짝 놀랐습니다.

"어머!"

거기에는 먼지가 내려앉은 은경이의 오리털 파카가 걸려 있었습니다. 오리털 파카는 눈물을 글썽이며 외치는 중이었습니다.

"오, 아줌마, 나 좀 데려가요. 이곳에서 석 달도 넘게 있었어요."

은경 엄마는 그 소리를 들은 것인지 재빨리 다가와 오리털 파카를 손으로 털더니 살펴보았습니다.

"어, 이거 은경이 거 맞네? 분명 학원에서 잃어버렸다고 하더니 학교에 있었네! 어머, 이럴 수가. 빨아서 올겨울에 입혀야지. 몇 번 입지도 않고 잃어버려서 얼마나 속상했는데."

그러자 교장 선생님이 웃으며 말했습니다.

"요즘 아이들이 물건을 귀하게 여기지 않습니다. 파카를 다시 찾으셔서 좋네요. 다른 유실물은 혹시 없나 살펴보세요."

"아이고, 이거 비싸게 주고 산 거랍니다. 교장 선생

님, 잘 보관해 주셔서 감사합니다. 안녕히 계세요."

다른 엄마들도 하나둘 유실물 보관소를 살피기 시작했습니다.

"어머, 이거 우리 영철이가 잃어버렸다던 신발이잖아. 아직 발에 맞을 텐데……."

영철이 엄마가 신발을 집어서 비닐봉지에 넣었습니다. 그러자 다른 엄마들도 아이들이 놓고 간 학용품이나 옷들을 마구 찾아서 집어 갔습니다.

순식간에 대여섯 벌의 옷과 여러 물건들이 주인을 찾아서 떠났습니다. 보관소에 있던 유실물들은 모두 어안이 벙벙했습니다.

그렇게 유실물 보관소에 있던 삼 분의 일가량의 물건들이 주인을 찾아 돌아갔습니다. 행거 할아버지는 흐뭇한 듯이 말했습니다.

"행, 어떠냐? 이게 바로 좋은 일이다. 다시 자기 집으로 돌아가지 않았느냐."

행거가 약간 헐렁해졌습니다. 상자 안의 물건들도

많이 사라졌습니다.

하지만 남아 있는 물건들은 모두 고개를 숙였습니다. 주인이 자기를 알아보지 못했거나 아예 근처에 오지도 않은 것이 슬펐던 것입니다.

"휴, 하지만 우리는 여전히 남아 있잖아요."

"행, 글쎄다. 아마 엄마들이 안 와서겠지. 왔더라면 다 가져갔을 텐데."

"우, 우리 철환이 엄마는 언제 올까요?"

"장, 은석이 엄마도 안 왔어요."

우산과 장화는 서로 눈물만 훔쳤습니다.

해가 질 때쯤 되자 유실물 보관소가 있는 중앙 현관은 적막이 감돌았습니다. 남겨진 유실물들이 너무나 슬퍼했기 때문에 행거 할아버지도 더 이상 말을 꺼내지 않았습니다.

"연, 우리는 모두 버림받았어."

"필, 정말이야. 우리는 이제 갈 곳이 없어."

"손, 아까 지원이 엄마가 날 보고도 그냥 가는 걸 봤어. 내가 낡았다고 버린 거야."

　유실물 보관소에 남겨진 물건들은 영영 주인을 찾지 못할 것만 같았습니다. 유실물들이 우울해서인지 학교 안에도 흰 안개가 떠돌았습니다. 어딘가에서 웅웅거리는 소리도 들렸지만 유실물들은 모두 슬픔에 빠져 신경 쓰지 못했습니다.

불운한 여름 방학

한 달 뒤 무더위가 기승을 부리더니 여름 방학이 시작되었습니다. 아이들은 신이 나서 선생님에게 인사를 한 뒤 교문 밖으로 뛰어나갔습니다.

방학은 아이들뿐만 아니라 선생님들에게도 큰 즐거움이었습니다.

"김 선생, 수고 많았습니다. 이번에 방콕으로 여행 가신다고?"

"네, 아내와 한번 다녀오려고요."

"잘 생각했어요. 나는 설악산에 가서 캠핑을 해 볼

까 해요."

선생님들도 신이 나서 방학 계획에 대해 이야기를 나누었습니다. 교장 선생님과 교감 선생님도 인사를 나눴습니다.

"자, 우리는 일주일씩 번갈아 출근합시다, 교감 선생님."

"네, 교장 선생님. 제가 일주일 뒤에 오겠습니다. 출근하시느라 힘드셔서 어떡해요?"

"아닙니다. 누군가는 학교를 관리해야지요."

그렇게 학교는 방학에 들어갔습니다. 매일매일 땡볕이 내리쬐었습니다. 무더위가 기승을 부렸습니다.

학교는 아이들이 없어도 새들이 날아오고 다람쥐, 너구리 같은 동물들이 먹이 활동을 하러 왔습니다. 매일 출근하는 사람들도 있었습니다. 행정실 공무원들과 보안관 할아버지는 날마다 출근하여 학교를 살피고 점검했습니다. 미뤄 두었던 공사를 하기 위해 공사 업자들도 자주 드나들었습니다. 학생들과 선생님들만

없다 뿐이지 학교는 여전히 살아 움직였습니다.

하지만 행거에 걸려 있는 유실물들에게 방학은 우울한 나날이었습니다. 이제는 아이들도 볼 수 없게 되었기 때문입니다.

"운, 흑흑! 아이들이 보고 싶어요."

운동화가 울었습니다.

그사이에 행거에는 또 새로운 옷들이 걸렸습니다. 점퍼와 학용품 등등 아이들이 놓고 간 물건들이 다시 행거를 차지한 것입니다. 행거 할아버지는 그럴 줄 알았다는 듯이 말했습니다.

"행, 나에게 걸릴 옷들이 계속 나타나는구나. 몇 녀석이 가더니 새로운 녀석이 왔어."

"연, 그러게 말이에요."

이번 여름은 더워서인지 아이들이 입고 왔던 겉옷을 벗어 버리고 그냥 가는 바람에 입을 만한 옷들이 행거에 많이 걸렸습니다.

그때 작년부터 있었던 털모자가 갑자기 비명을 질렀

습니다.

"털, 나는 여름이라 찾아가지 않을 테니까 이대로라면 연말에 폐품 수거 업체에 팔려 가잖아요. 그렇게 되기 싫어요. 에잇, 뛰어내려 버릴 거예요."

털모자가 땅에 떨어졌지만 하나도 다치지 않았습니다. 털모자의 심정을 다른 유실물들은 너무나 잘 알았습니다. 손흥민 점퍼가 말했습니다.

"손, 털모자야, 그래 봐야 내일 다시 보안관 할아버지가 제자리에 걸어 놓을 거야."

"털, 흑흑흑! 나는 정말 쓸모없는 존재인가 봐."

다른 유실물들도 모두 슬퍼했습니다.

시간이 갈수록 습도가 올라가고 날씨가 흐려지기 시작했습니다. 이렇게 우울한 방학은 처음이었습니다. 공기가 점점 습해지자 무서운 일이 벌어졌습니다. 바로 곰팡이들의 습격이었습니다.

유실물에는 곰팡이가 살살 피기 시작했습니다. 비가 오기 시작하자 곰팡이들은 더욱 기승을 부렸습니다.

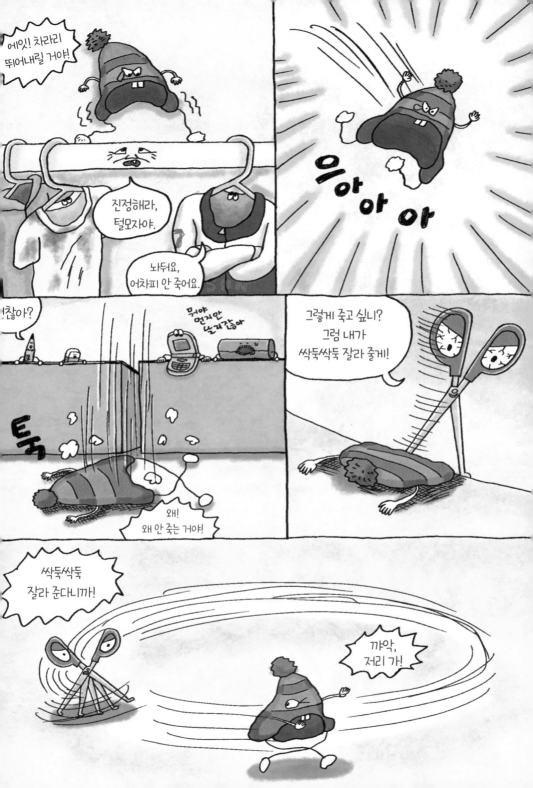

"손, 저리 가, 곰팡이! 나한테 오지 말란 말이야!"

그러나 푸르뎅뎅한 곰팡이는 유실물들의 속도 모르고 점점 더 피어올랐습니다.

다음 날이었습니다. 학교 밖은 오후인데도 깜깜했습니다. 비가 연이어 내렸기 때문입니다.

"장, 하하! 비가 너무 많이 와요. 내가 버려지지만 않았다면 이런 날 신나게 뛰어놀았을 텐데. 이곳에 처박혀 있다니 괴로워요."

장화가 말했습니다.

그러자 어느새 반 이상 곰팡이가 펴 얼룩덜룩해진 티셔츠가 핀잔을 줬습니다.

"티, 장화야, 넌 그래도 곰팡이는 안 피잖아. 나는 이렇게 벌써 반이나 곰팡이가 피었어. 나는 이제 버려지는 거야. 곰팡이가 핀 옷을 누가 입겠니? 꼭 한번 다시 입혀지고 싶었는데."

"털, 맞아. 우리는 이제 쓸모없는 폐품이 된 거야."

털모자의 말에 휴대 전화가 대답했습니다.

"휴, 얘들아, 차라리 곰팡이 펴서 쓰레기봉투에 버려지는 게 낫겠어. 이곳에서 계속 아이들을 지켜보면서 고통받는 게 뭐가 좋니? 차라리 곰팡이 핀 너희들이 부러워. 곧 이곳을 떠날 수 있잖아. 나는 플라스틱이라 곰팡이도 안 핀다고."

유실물들은 서로 자기 처지를 한탄하며 상대방을 부러워했습니다. 그러자 행거 할아버지가 타일렀습니다.

"행, 얘들아, 남과 비교할 필요는 없단다. 태어나서 사라질 때까지 우리는 각자 소중한 존재니까. 언제 어떻게 다시 쓰일지 모른단다. 그건 사람이나 물건이나 마찬가지야."

그때였습니다. 이번엔 정말 무서운 손님이 찾아왔습니다. 어둠이 깔려 있는 복도 저 끝에서 희끗희끗한 움직임이 눈에 띄었습니다. 그 희끗희끗한 것은 마치 연기가 흐느적거리며 퍼져 나오듯 유실물 보관소로 서서히 다가왔습니다.

"안, 저것 좀 봐."

가장 먼저 그 희끗희끗한 연기를 본 것은 바로 얼마 전에 버려진 안경이었습니다.

　"우, 저건 뭐지? 연기인가?"

　"장, 연기는 아닌 것 같아."

　유실물들은 모두 흰 물체가 다가오는 것을 집중해 바라보았습니다. 복도에 희미하게 켜진 초록색 비상구 등이 더 으스스한 분위기를 만들었습니다. 행거 할아버지가 오래된 물건답게 침착하게 말했습니다.

　"행, 얘들아, 놀라지 마라. 저건 유령이야."

　"필, 네? 유령이라고요?"

　"연, 아이고, 무서워라! 어떡하면 좋아요!"

　유실물들은 너무 무서워 와들와들 떨었습니다.

　"행, 오랜만에 나타났으니 무슨 얘기를 하려는지 들어 보자."

　유실물 보관소에 가까이 다가온 유령은 작은 소년의 형체였습니다.

　"우, 무서워! 저리 가!"

우산이 소리쳤습니다. 하지만 유령은 더 가까이 다가왔습니다. 아주 마르고 왜소한 소년의 모습이었습니다. 그 순간 모기가 앵앵거리듯 유령이 이야기했습니다.

"배고파요. 너무 추워요. 옷을 주세요. 나도 공부하고 싶어요. 연필 한 자루만 주세요."

"손, 으악!"

"보, 귀신 아니 유령이다!"

유실물들은 난리가 났습니다. 모두 두려움에 떨며 숨겠다고 상자 안으로 뛰어들었습니다.

"오, 가까이 오지마!"

"리, 우리가 소문의 유령인 줄 알았더니 진짜 유령이 있잖아!"

와들와들 떨며 등골이 오싹해지는 사이에 천둥 번개까지 쳤습니다.

"번쩍! 우르릉 쾅쾅!"

그때 행거 할아버지가 근엄한 목소리로 말했습니다.

"행, 유령님, 돌아가세요. 저희들은 유령님을 도울 수가 없어요. 사람들의 마음이 변해야 해요."

"……."

잠시 뒤, 다행히 유령이 모습을 감추었습니다. 복도가 조용해지자 행거 할아버지가 입을 열었습니다.

"행, 얘들아, 유령은 갔다."

"우, 정말요?"

"연, 정말 간 거예요?"

"행, 그래, 모두 나와라."

유실물들은 상자 바깥으로 몸을 내밀었습니다. 창밖으로는 계속 비가 내리고 가끔씩 번쩍이는 번개가 보였습니다.

"필, 저 유령은 왜 저러는 거예요?"

필통이 묻자 행거 할아버지는 힘겹게 대답했습니다.

"행, 이 학교가 처음 개교했을 때는 집이 가난해 못 먹는 아이가 많이 있었던 것 같다. 나도 70년 전부터 이 학교에 있었던 칠판 형님에게 들었어. 저 유령은

6·25 전쟁 통에 굶어 죽은 아이인데 유령이 되어서 가끔 비 오고 천둥 번개 치는 날 나타난단다."

"휴, 왜 오는 거예요?"

"행, 너희들 같은 옷이나 물건을 제대로 써 본 적이 없는 것이 한이라더구나."

"손, 너무 무서워요. 행거 할아버지는 유령이 무섭

우르릉 우르릉

지 않으세요?"

"행, 왜 안 무서워. 하지만 옛날엔 많은 사람들이 가
난하고 힘들었거든. 그래서 저 유령이 나타날 때마다
너무 안타깝구나."

두려움에 떨던 장화가 큰 호흡을 들이킨 뒤 온몸을
펴려고 할 때였습니다. 갑자기 학교가 흔들리기 시작

꽈 쾅~

얘들아,
지진이다!

했습니다.

"우르르릉! 우르르릉!"

"장, 이게 어떻게 된 일이야?"

행거가 좌우로 흔들리고 위아래로 춤을 췄습니다. 유리창이 깨지고 걸려 있던 옷과 물건들이 흐느적대다가 튕겨져 나가 사방에 뒹굴었습니다.

"연, 아악! 이게 무슨 일이야?"

"손, 유령이 화났나 봐!"

"필, 살려 줘!"

그때였습니다. 행거 할아버지가 외쳤습니다.

"행, 얘들아, 지진이다!"

"연, 지진이요? 그게 뭐예요?"

"행! 땅이 흔들리는 거야."

행거 할아버지의 말을 휴대 전화가 이었습니다.

"휴, 우리나라는 지진이 별로 없었는데 최근에 자주 발생한다고 하더라고. 그런데 우리 학교까지 지진이 날 줄은 몰랐어. 무서운 유령이 오더니 갑자기 지진까지, 이게 웬 난리야?"

　그때 사이렌 소리가 온 마을에 다급히 울려 퍼졌습
니다.

　"에에엥!"

비상사태

학교와 산, 그리고 하늘까지 마구 흔들리는 것 같았습니다. 행거에 매달려 있던 유실물들은 마구 흔들리면서 땅바닥에 떨어졌습니다. 복도 신발장과 교실 안 사물함까지 와르르 무너졌습니다. 경험이 많은 행거 할아버지가 큰 소리로 외쳤습니다.

"행, 얘들아, 조심해라. 지진이다, 지진이야."

그때 와장창 소리가 나더니 학교 건물 일부가 무너져 내렸습니다. 지진을 대비한 내진 설계를 하지 않았기 때문입니다. 폭우에 지진까지 겹친 불행한 상황이 벌어지고 말았습니다.

사이렌은 계속 울려 댔고 하늘에서는 천둥 번개가 끊임없이 쳤습니다. 마치 그리스 로마 신화의 제우스가 벌을 내리는 것만 같았습니다.

잠시 후, 다시 우르릉 소리를 내며 여진이 찾아왔습니다. 온 세상이 또 흔들렸습니다. 유실물들은 눈을 꽉 감고 비명을 질렀습니다.

"모, 살려 줘! 무서워! 이게 어떻게 된 일이야?"

한참을 흔들리고 나서야 지진은 멈췄습니다. 행거 할아버지가 과거의 경험을 떠올리며 이야기했습니다.

"행, 십 년 전에도 가벼운 지진이 있었는데 이렇게 큰 지진은 처음이구나. 너희들 다친 곳은 없니?"

"휴, 괜찮아요."

마을에는 사이렌 소리와 함께 방송이 크게 울려 퍼졌습니다.

"주민 여러분! 호우와 지진으로 둑이 무너졌습니다! 비상사태입니다! 곧 산사태가 일어나고 홍수가 마을을 덮칠 것입니다. 빨리 대피하십시오."

"티, 할아버지! 이게 무슨 말이에요?"

유실물 보관소에 온 지 얼마 안 된 티셔츠가 행거 할아버지에게 물었습니다.

"행, 이 마을은 저 계곡 위에 둑이 있잖니? 그 둑이 아마 지진으로 무너진 모양이다. 큰일이구나. 사람들이 다치지 않았으면 좋겠는데."

저 멀리에서 땅이 서서히 울리는 느낌이었습니다.
그리고 땅이 무너지는 소리가 점점 크게 들려오기 시
작했습니다.

방송은 이어 내용이 바뀌기 시작했습니다.

"주민 여러분, 향촌 초등학교로 빨리 대피하십시오.
향촌 강이 범람합니다. 긴급 구조대가 올 것입니다."

사람들이 허둥지둥 학교로 뛰어오기 시작했습니다.

늦은 시간에 봉변을 당해서인지 대부분 잠옷 바람이었고 팬티와 러닝셔츠만 입은 아이들도 있었습니다. 무서워서 울거나 마구 소리를 지르는 아이들도 있었습니다.

"우리 집 어떡해!"

"으앙! 우리 아빠 어디 있어요?"

사람들은 대피하라는 말에 거의 자다 깨서 빈손으로 빠져나온 것입니다.

모두 잠긴 교문 앞에서 발만 동동 굴렀습니다. 그때 보안관 할아버지가 와서 학교 교문을 열었습니다.

"자, 일단 모두 비를 피해서 학교 체육관으로 들어가십시오."

내진 설계가 되어 있는 체육관을 개방하자 사람들은 모두 몰려가 오들오들 떨었습니다.

지옥과 같은 밤이었습니다. 비는 계속 퍼붓고 운동장에는 군데군데 크고 질퍽한 웅덩이가 생겼습니다. 유실물들은 두려움에 떨며 이 모든 광경을 지켜보았습니다.

"휴, 어떡하면 좋아? 큰일이야. 비라도 멈춰야 할 텐데."

휴대 전화가 말했습니다.

그렇게 악몽 같은 밤이 지나갔습니다. 밤사이 비는 계속 내렸지만 다행히 지진은 더 이상 발생하지 않았습니다.

어두웠던 하늘이 밝아지자 심각한 피해 상황이 드러났습니다. 둑이 무너져 내려 흙과 모래, 흙탕물이 온통 마을을 덮쳤습니다. 어림잡아도 백여 채의 집이 피해를 입은 것 같았습니다. 방송국 헬기까지 와서 하늘을 빙빙 돌며 상황을 파악했습니다.

"휴, 사람들이 안 다쳤으면 좋겠는데."

"우, 그러게 말이에요. 걱정이에요."

어떻게 왔는지 적십자사의 구호대가 와서 덮을 담요와 먹을 것들을 나눠 주었습니다. 길이 끊겨서 구급차는 빨리 오지 못했습니다. 군대에 갔을 때 군인을 간

호하는 위생병이었다던 이장님이 다친 사람들에게 붕대를 감고 응급 치료를 했습니다. 모두 생각지도 못했던 큰 불행에 어쩔 줄 몰라 했습니다.

"구급차가 오질 못한대요. 길이 끊겼습니다."

"이를 어쩌면 좋지?"

"부상이 심한 사람들만 따로 추려 놓으면 헬기가 온답니다."

이윽고 점심 무렵이 되자 비가 조금씩 그치면서 하늘은 서서히 밝아졌습니다.

"아, 제발 비가 그쳤으면 좋겠다."

사람들은 며칠째 내리는 비가 그치기를 간절히 기도했습니다.

잠시 후 하늘을 찢는 듯한 소리가 나며 부상자를 실어 나를 의료용 헬리콥터가 운동장 한가운데 내려앉았습니다. 사람들은 많이 다친 김 씨 할아버지와 박 씨 할머니, 그리고 다른 두 명의 부상자들을 급하게 헬기로 옮겼습니다.

헬기는 먹을 것과 약품들을 운동장에 내려놓고 갔습니다. 그것들을 받아 사람들은 다친 사람을 치료하고 먹을 것들을 나눠 먹기 시작했습니다. 요리라고 해 봐야 밀봉된 냉동식품이었지만 허기를 달래기에 충분했습니다.

이장님이 나서서 말했습니다.

"주민 여러분, 길이 끊겼기 때문에 구호대가 언제 올지 모릅니다. 음식을 아껴 먹으며 만일을 대비하도록 하겠습니다."

사람들은 커다란 냄비에 끓인 라면을 조금씩 나눠 먹기도 했습니다.

비바람이 불 때마다 모두 추위에 오들오들 떨었습니다. 한여름인데 기후가 이상하게 변한 것입니다. 하지만 아이들은 운동장에서 뛰어놀거나 학교 교실을 돌아다니며 잘 지냈습니다.

"야, 방학 때 학교 오니까 재미있어."

"그러게 말이야."

아이들이 왔다 갔다 하는 것을 보니 유실물들은 반가웠습니다.

곧 구조 대원들이 힘들게 길을 뚫고 찾아와 이것저것 도와주었습니다.

"여러분, 이삼 일 지나야 길이 완전히 뚫릴 것 같습니다."

"마을은 어떻게 됐습니까?"

"산사태 때문에 토사가 휩쓸고 내려가서 길은 십 킬로 이상 끊어져 있습니다. 그 길 사이를 뚫고 군인들이 오고 있으니 조금만 기다려 주십시오."

"아이고, 이게 무슨 일이래?"

할머니들은 오들오들 떨며 어쩔 줄 몰라 했습니다. 지켜보고 있던 아이들이 오히려 할머니들을 위로했습니다.

"할머니, 너무 속상해하지 마세요. 그래도 학교로 안전하게 대피했으니 다행이잖아요."

"맞아요."

"그래, 고맙구나."

아이들은 체육관에 있는 공을 꺼내서 농구를 하거나 튀기면서 놀았습니다.

보안관 할아버지는 집에 있는 음식을 모두 꺼내 나눠 주었습니다. 보안관 할아버지네 집은 높은 곳에 있어서 다행히 산사태나 홍수 피해를 입지 않았던 것입니다.

따 두었던 옥수수를 운동장에 설치한 큰 솥에 쪄서 사람들과 나눠 먹는 보안관 할아버지를 보며 행거 할아버지는 고개를 끄덕였습니다.

"행, 저 보안관 할아버지는 예전부터 마음씨가 넓더니 이렇게 또 좋은 일을 하는구나. 복 받을 거야. 얘들아, 너희들도 봤지? 남들이 어려울 때 도울 줄 아는 사람이 진정 훌륭하단다."

"휴, 정말 그러네요."

휴대 전화가 대답했습니다.

유실물들은 이 상황이 빨리 끝나서 아이들이 무사히

옥수수는 이렇게 먹어야 제맛이지!

너희들도 보안관 할아버지를 본받아야 한다.

애들이 무사히 돌아가기를 기도 중!

뭐 해?

자기 버린 주인 원망하면서 뛰어내릴 때는 언제고.

나도 기도할래.

나도……

집으로 돌아가기를 기도했습니다. 그러자 행거 할아버지가 말했습니다.

"집으로 빨리 돌아가진 못할 거야."

"왜요?"

"집을 복구해야 하니까. 어쩌면 아이들이 좀 더 오래 학교에 머물지도 모르겠다."

아이들이 집에 돌아가지 못한다는 말을 듣자 유실물들은 마음이 아팠습니다.

찾았다, 내 옷

   그렇게 하루가 가고 이틀이 지났습니다. 마침내 길이 뚫려서 의료팀과 구급 대원들이 학교로 들어오기 시작했습니다.

   피신할 곳이 있는 사람들은 뚫린 길을 통해 먼저 산을 내려가고 다친 사람은 병원으로 치료를 위해 떠났습니다. 하지만 나머지 사람들은 집으로 돌아갈 수 없었습니다. 피해 상황을 보고하는 이장님의 얼굴이 어두웠습니다.

   "제가 마을로 내려가 봤습니다. 집 자체가 묻혀 버

린 곳도 있고요, 밭이라든가 논, 그리고 길이 다 진흙에 휩쓸렸습니다."

이장님의 말에 다른 할아버지와 할머니들이 속상해 통곡을 했습니다. 뭘 해 볼 수도 없는 엄청난 재앙이었기 때문입니다.

"아이고, 아이고!"

"이제 우리는 어떻게 살아야 할지 모르겠습니다."

그러자 옆에 있던 교장 선생님이 위로의 말을 전했습니다.

"여러분, 교장으로서 심심한 위로를 드립니다. 하지만 저희 학교에 얼마든지 머무르셔도 됩니다. 큰 도움은 되지 않겠지만 저도 모든 것을 지원하겠습니다. 주민 여러분들이 힘을 내셔야 합니다. 저기 뛰어노는 아이들을 보십시오. 얼마나 천진난만합니까. 저 아이들이 우리의 미래입니다. 용기를 내십시오."

"맞습니다. 교장 선생님."

다들 고개를 끄덕였습니다. 어른들은 아이들을 봐서

라도 용기를 내야만 했습니다. 힘을 쓸 수 있는 어른들은 밤에는 체육관에 차려 놓은 텐트에서 자고 낮에는 마을로 나가서 길을 복구하고 무너진 집을 치우기로 했습니다.

그날 오후 운동장으로 초록색 자동차 몇 대가 들어왔습니다. 인근 부대에 있는 군인 아저씨들이 드디어 출동한 것입니다.

"어, 군인 아저씨들이다!"

"여러분, 고생 많으셨습니다. 저희가 도와드리겠습니다."

주민들은 고마운 마음에 군인 아저씨들의 손을 잡았습니다.

"아이고, 군인 양반들, 고마워요. 고마워."

군인 아저씨들은 씩씩하게 삽과 곡괭이를 들고 마을을 내려가 길을 뚫었습니다. 또 집집마다 들어가 망가지고 깨진 물건들을 모두 끄집어내어 정리도 했습니다. 이 모습을 본 창식이는 말했습니다.

"멋있어, 나도 커서 군인이 될 거야."

"맞아, 군인 아저씨들은 전쟁이 나면 싸우는 줄로만 알았더니 이렇게 재난에 처한 사람도 도와주는구나."

유실물들도 뭔가 돕고 싶었습니다. 하지만 도울 일이 없었습니다.

"손, 우리도 도와주고 싶은데."

"털, 그러게 말이야."

며칠 뒤, 때에 찌든 반바지와 러닝셔츠만 입고 돌아다니던 지원이가 유실물 보관소 앞을 지나가다 자기 옷을 발견했습니다.

"어! 이건 내 손흥민 점퍼잖아?"

지원이는 재빨리 점퍼를 꺼내 입었습니다.

"아이, 따뜻해. 안 그래도 밤에 추웠는데."

점퍼를 입은 채 지원이는 자랑스럽게 엄마가 있는 자기네 텐트로 달려갔습니다.

"엄마, 엄마! 내 점퍼 찾았어. 손흥민 점퍼야."

"어머나, 잃어버린 옷이 학교에 있었구나."

"나 이제 안 추워! 그동안 추워서 혼났는데."

이것을 본 다른 아이들도 눈을 동그랗게 뜨더니 유실물 보관소로 달려갔습니다.

"어? 내 신발도 여기 있다. 얼른 신어야지."

"내 바지가 있었네."

"내 자켓도 있어."

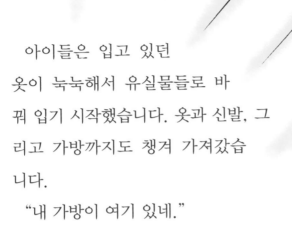

아이들은 입고 있던 옷이 눅눅해서 유실물들로 바꿔 입기 시작했습니다. 옷과 신발, 그리고 가방까지도 챙겨 가져갔습니다.

"내 가방이 여기 있네."

"이 보조 가방 내 거야. 비상식량 담아야겠다."

아이들이 달려와 벌 떼처럼 자기 물건을 가져가자 유실물들은 모두 당황했습니다.

"연, 이게 어떻게 된 일이지?"

"안, 어어, 주인이 찾아가네."

유실물 보관소에 쓸 만한 옷들이 있다는 소리를 듣자 엄마들도 달려왔습니다.

"어머, 우리 애 옷이 여기 있네. 어디 갔나 했는데."

"이 옷 일단 우리 애한테 입혀야겠다. 나중에 빨아서 갖다 놓으면 되겠지."

엄마들이 옷을 급한 대로 다 집어 가자 유실물들은 이게 무슨 일인가 싶었습니다. 인사도 제대로 하지 못하고 떠나는 유실물들이 행거 할아버지에게 외쳤습니다.

"티, 할아버지, 안녕. 저 떠나요."

"행, 잘 가라, 잘 가. 다행이다."

행거 할아버지는 씁쓸하게 웃었습니다. 손흥민 점퍼를 입은 지원이는 신이 나서 운동장에서 축구를 했습니다. 밑에는 반바지 차림에 위에는 점퍼를 입고 즐겁게 뛰어다녔습니다.

　다른 아이들에게도 유실물 보관소에 있던 옷이 큰 도움이 되었습니다. 밤만 되면 쌀쌀한 바람이 불었기 때문입니다. 행거 할아버지는 아이들을 보며 흐뭇하게 말했습니다.

　"행, 그렇지, 물건이란 소중한 거지."

　교장 선생님이 지나가다 행거가 텅텅 비어 있는 것을 보았습니다.

　"어허, 이 녀석들이 물건을 다 찾아갔네. 유실물 보관소가 비상 물품 보관소가 될 줄은 몰랐군."

　교장 선생님은 어질러진 유실물 보관소를 정리했습니다. 이제 남아 있는 물건은 얼마 되지 않았습니다. 당장 먹고사는 데 필요하지 않은 학용품 등이 몇 개 나뒹굴고 있었을 뿐입니다.

　하지만 그 물건들도 기뻤습니다. 곧 아이들이 자신들을 데리고 갈 거라는 믿음이 생겼기 때문입니다.

그날 밤 어둠이 내리자 유령이 다시 모습을 드러냈습니다. 어둠이 깔린 복도 끝에서 희끗희끗한 움직임이 보였습니다. 그 유령은 유실물 보관소로 마치 연기가 흐느적거리며 퍼지듯 다가왔습니다.

행거 할아버지가 침착하게 말했습니다.

"행, 얘들아, 유령이 또 왔구나."

"연, 무서워요! 어떡해요!"

유령을 처음 본 유실물들은 무서워 떨었지만 전에 한 번 보았던 유실물들은 유령이 왜 또 나타났는지 궁금해하며 쳐다봤습니다. 유령은 모기가 앵앵거리듯

입을 열었습니다.

"배고파요. 너무 추워요. 옷을 주세요. 나도 공부하고 싶어요. 연필 한 자루만 주세요."

그때 행거 할아버지가 말했습니다.

"행, 유령님! 이제 아이들이 물건을 아끼며 소중하게 여겨요. 이제 마음 놓고 가세요."

"……."

그 말에 유령은 앵앵거리는 소리를 멈췄습니다.

"행, 아이들은 모두 행복할 거예요. 유령님도 행복해지세요."

행거 할아버지의 말에 유령은 고개를 끄덕이며 말했습니다.

"모두 고마워. 이제 나도 편히 쉴 수 있겠어! 안녕."

그 말을 마지막으로 유령은 사라졌습니다.

행거 할아버지는 희고 작은 구름 같은 소년의 영혼이 하늘로 올라가 사라지는 광경을 유리창 너머로 바라보았습니다.

다른 유실물들 가슴엔 언젠가 아이들이 자신을 찾아가서 소중히 써 줄 거라는 희망이 자리 잡았습니다.

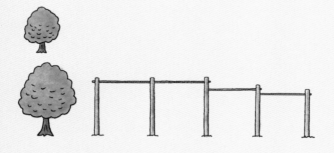